L27n
44569

ANCIENNE MAISON LECLAIRE

DEVENUE

REDOULY ET Cie

Paris — 11, Rue Saint-Georges — Paris

SOLENNITÉ DU DIMANCHE 1er NOVEMBRE 1896

INAUGURATION

DU GROUPE MONUMENTAL DE

JEAN LECLAIRE

DANS LE SQUARE DES ÉPINETTES

PRÈS LA RUE JEAN-LECLAIRE (XVIIe ARRONDISSEMENT)

DISCOURS — LUNCH

PARIS
IMPRIMERIE ET LIBRAIRIE CENTRALES DES CHEMINS DE FER
IMPRIMERIE CHAIX
SOCIÉTÉ ANONYME AU CAPITAL DE CINQ MILLIONS
Rue Bergère, 20
1897

ANCIENNE MAISON LECLAIRE

DEVENUE

REDOULY ET Cie

Paris — 11, Rue Saint-Georges — Paris

SOLENNITÉ DU DIMANCHE 1er NOVEMBRE 1896

INAUGURATION

DU GROUPE MONUMENTAL DE

JEAN LECLAIRE

DANS LE SQUARE DES ÉPINETTES

PRÈS LA RUE JEAN-LECLAIRE (XVIIe ARRONDISSEMENT)

DISCOURS — LUNCH

PARIS
IMPRIMERIE ET LIBRAIRIE CENTRALES DES CHEMINS DE FER
IMPRIMERIE CHAIX
SOCIÉTÉ ANONYME AU CAPITAL DE CINQ MILLIONS
Rue Bergère, 20
1896

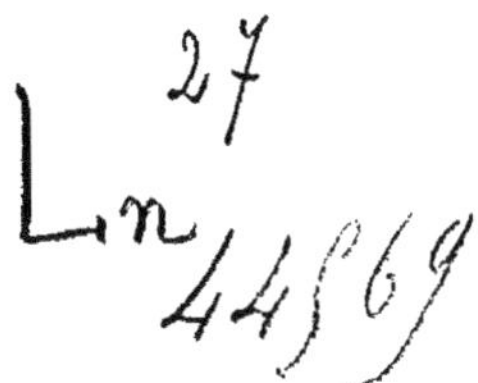

MONUMENT DE LECLAIRE

INAUGURATION

DU

GROUPE LECLAIRE

Le square des Épinettes, situé dans le XVIIe arrondissement de Paris, près de la rue Jean-Leclaire, déploie sur une vaste surface ses arbres, ses vertes pelouses et ses corbeilles de fleurs. Fermé au public le dimanche 1er novembre pour l'inauguration du groupe monumental élevé à la mémoire de Leclaire, le square avait un air de fête. Sur le gazon, à gauche du groupe couvert d'un voile, se dresse une petite tribune revêtue de velours frangé d'or. En face, trois rangs de fauteuils et des chaises sont à la disposition des invités. Non loin de là s'élève un pavillon construit pour l'*Union musicale* de la maison Leclaire et le long d'une allée, au fond du square, deux longues tentes abritent les buffets d'un lunch préparé pour une nombreuse assistance.

Près de neuf cents personnes, en effet, prenaient part à cette solennité.

M. Georges Paulet avait été chargé de prendre la parole au nom du ministre du Commerce et de l'Industrie.

M. Bruman, secrétaire général de la Préfecture de la Seine, représentait M. de Selves, préfet de la Seine, empêché; M. Lépine, préfet de police, avait délégué M. Laurent. Près d'eux, on remarquait aux places d'honneur, avec beaucoup de dames : MM. Lourties, sénateur; Ernest Roche, député; Paul Brousse, vice-président du Conseil municipal; Bompart, conseiller municipal de Paris; Lefèvre, adjoint au maire du XVIIe arrondissement; Dalou et Formigé; Jules Lion, inspecteur des promenades de Paris; Moron, directeur de l'Office du travail; le comte de Rocquigny; MM. Chaix père, Fitsch, Soria, Albert Trombert, Ch. Tuleu, E.-O. Lami, A. Vila, secrétaire de la Chambre consultative des associations ouvrières; Abel Davaud, Thibaudeau, Briotet, et beaucoup de coopérateurs dont nous regrettons de ne pouvoir citer les noms.

M. le comte de Chambrun s'était fait représenter par deux de ses secrétaires, MM. Fillioux et Leroux.

Un grand nombre de membres étrangers du Congrès international étaient présents, notamment : MM. George Jacob Holyoake, Sedley Taylor, Henry W. Wolff, Edw. Owen Greening, Joseph Greenwood, Thomas Blandford, Vivian, L. Reece (de la Barbade aux Antilles), Léon d'Andrimont, Micha, Slotemaker, les députés italiens Guerci et Minelli, MM. Enea Cavalieri, Lorenzo Ponti, Slotemaker et Nicolas Levitzky.

A deux heures un quart, l'*Union musicale* exécute *la Marseillaise*; on se lève, on se découvre, le voile du monument tombe, et le groupe, œuvre du statuaire Dalou, apparaît dans toute sa beauté.

La statue de Leclaire et celle de l'ouvrier qu'il attire à lui, qu'il aide paternellement à monter du salariat pur et simple à la participation, qu'il émancipe, en un mot, sont pour le public un symbole clair et précis de la grande évolution sociale des temps modernes, et tout le monde applaudit.

Les discours commencent.

DISCOURS

DE

M. CHARLES ROBERT

PRÉSIDENT DE LA SOCIÉTÉ DE PRÉVOYANCE ET DE SECOURS MUTUELS DES OUVRIERS ET EMPLOYÉS DE LA MAISON LECLAIRE

Mesdames, Messieurs,

Au nom de la *Société de prévoyance et de secours mutuels des ouvriers et employés de la maison Leclaire*, je remets à la ville de Paris le groupe monumental élevé, dans le square des Épinettes, par cette Société, à la mémoire de son vénéré fondateur Leclaire, promoteur de la participation aux bénéfices. *(Applaudissements.)*

En 1893, le Conseil municipal de Paris a donné le nom de *Jean Leclaire* à une rue voisine; il accepte de nos mains aujourd'hui sa statue pour la mettre au rang des monuments publics de Paris. Nous remercions le Conseil municipal de s'associer ainsi à l'hommage que nous rendons à la mémoire de Leclaire, et de se faire représenter à cette réunion.

M. le ministre de l'Intérieur a bien voulu charger M. le préfet de la Seine, suppléé par M. le secrétaire général de la Préfecture, de le représenter ici, et M. le ministre du Commerce et de l'Industrie, également empêché, a délégué M. Georges Paulet, chef de l'un des services de son ministère. Nous sommes heureux de cette nouvelle manifestation de l'intérêt qu'inspirent au Gouvernement de la République les applications heureuses et pleines de promesses du principe de la participation aux bénéfices. *(Applaudissements.)*

Tandis que, le 12 octobre 1843, le commissaire de police du quartier de Leclaire, par un procès-verbal devenu pièce historique, lui faisait défense expresse, au nom du préfet de police d'alors, de fonder la participation, notre préfet de police actuel, M. Lépine, par lettre du 30 octobre 1896, exprime son regret « de ne pouvoir témoigner, par sa présence à cette fête, tout l'intérêt qu'il porte à l'œuvre de Jean Leclaire ». *(Applaudissements.)*

Ce matin même, Messieurs, se conformant à une pieuse tradition de la maison Leclaire, toutes les catégories de son personnel, sociétaires, membres du noyau, auxiliaires et apprentis, bannières en tête, ont été déposer une couronne sur sa tombe.

Cette cérémonie a lieu tous les ans le jour de la fête de tous les saints. Leclaire, comme feu Vansittart Neale d'Angleterre, est considéré par nous comme l'un des plus grands saints du calendrier laïque.

Leclaire, d'abord petit berger dans l'Yonne, puis apprenti et ouvrier parisien, s'éleva bientôt au rang de patron, mais il ne voulut pas s'en tenir là. Par ses lectures, et après avoir écouté quelques conférences, il était devenu, en faisant beaucoup de réserves, le disciple de Fourier et de Saint-Simon. Sans jamais cesser d'être humble et modeste, mais avec la pleine conscience, dès sa jeunesse, de l'immense effort qu'il tentait, il s'est donné hardiment à lui-même une mission de pionnier, de réformateur social et de conquérant. Il voulait tout simplement, comme un chevalier sans peur et sans reproche, mettre la justice à la place de la force et lutter contre les coups du hasard à l'aide de la mutualité. Il lui répugnait de voir de vieux débris d'atelier tomber dans la misère après une vie d'honnête labeur. Son but était de trouver le système d'organisation du travail par lequel l'ouvrier pourrait obtenir plus de bien-être dans le présent et plus de sécurité dans l'avenir. La participation lui en a fourni les moyens.

Ceux qui ont étudié dans le passé les diverses phases de l'histoire du travail, esclavage, servage, salariat pur et simple, ont dit souvent : Que viendra-t-il après?

Le 2e Congrès de l'*Alliance coopérative internationale* qui vient de siéger pendant quatre jours à Paris et dont la session a été close hier 31 octobre, a répondu à cette question par un vote unanime, approuvant les conclusions d'un remarquable rapport de M. Henry Buisson, directeur de l'association ouvrière *le Travail*. Dans la pensée du Congrès, l'avenir appartient à la participation aux bénéfices et à l'association productive. Inspirés par leur conscience, guidés par leur propre expérience et par l'étude des faits, les membres du Congrès, venus de tous les points du monde civilisé, ont proclamé ce principe que la rémunération du travail, combinée dans un esprit de justice avec celle qui est due au capital, doit être déterminée non plus seulement par les effets, mécaniques, en quelque sorte, de la loi de l'offre et de la demande, mais aussi par le respect de la juste proportion qui existe, en fait, dans chaque entreprise, entre les concours donnés et les risques subis par chacun des facteurs de la production. *(Applaudissements.)*

Ce grand et beau mouvement d'émancipation du travailleur par les voies normales, pacifiques et légales, et le rôle décisif que peut jouer le patronat dans cette évolution ont été exprimés, d'une manière admirable, par l'éminent statuaire Dalou, dans le groupe monumental que nous contemplons aujourd'hui. Jamais le grand art n'a été plus fidèle à sa mission qui est de servir d'interprète, de génération en génération, pour la foule énorme et toujours renouvelée des spectateurs, aux idées les plus hautes et aux sentiments les plus nobles. Ce chef-d'œuvre, sorti d'une conception qui leur appartient à tous deux, fait le plus grand honneur à MM. Dalou et Formigé. Nous les en remercions de tout notre cœur. *(Applaudissements.)*

La gloire de Leclaire a fait le tour du monde.

M. Reece, de Bridgetown, à la Barbade, délégué des Antilles au Congrès coopératif international, applique dans ce pays lointain les idées de Leclaire étudiées par lui depuis beaucoup d'années.

Aux États-Unis d'Amérique, notre ami N. O. Nelson, grand manufacturier à Saint-Louis du Missouri, qui a donné à son personnel la participation, la copropriété des usines, les maisons à bon marché et toute la série des institutions coopératives, a créé sur la frontière de l'État voisin, dans l'Illinois, pour y étendre ses ateliers, un village industriel coopératif modèle, auquel il a donné le nom de *Leclaire*.

Ce village, fondé en 1890, est déjà devenu une ville éclairée à l'électricité tout en conservant les jardins et les fleurs de la campagne. Dans une lettre du 12 octobre, M. Nelson envoie au Congrès coopératif international et à ses amis de la maison Leclaire ses chaleureuses sympathies. Il dit que Leclaire a acquis de grands titres à la reconnaissance de l'humanité, en améliorant, dans sa propre maison, les conditions du travail. Il ajoute que le village Leclaire contient déjà une association coopérative de production en pleine prospérité qui compte soixante ouvriers, une excellente école primaire ornée du buste en bronze de Leclaire, une belle salle de conférences et de concerts, une académie d'enseignement professionnel supérieur et enfin un journal, *The Leclaire News*, qui a pour devise : *Travailler ensemble pour le bien général.*

Faisons des vœux, Messieurs, pour que l'idée coopérative, propagée par tous ses partisans avec une énergie comparable à celle d'un grand courant électrique, entoure, enveloppe, entraîne le monde entier, et qu'ainsi les innombrables travailleurs qui couvrent la surface de la terre marchent sans cesse en avant et voient se réaliser le plus tôt possible un magnifique idéal de justice, de progrès et de solidarité. *(Applaudissements.)*

Avant de descendre de la tribune, je dois vous lire la dépêche que nous envoie d'Allemagne, à propos de cette inauguration, M. Heinrich Freese, chef d'un grand établissement industriel où il a appliqué lui-même les idées qui nous sont chères.

Voici ce télégramme :

« Berlin, 31 octobre.

» Admiration éternelle au père de la participation. Tous mes vœux à ses successeurs.

» HEINRICH FREESE. »

La lecture de cette dépêche a été saluée par de vifs applaudissements.

DISCOURS

DE

M. GEORGES PAULET

CHEF DU BUREAU DES CAISSES D'ÉPARGNE, DES ASSURANCES
DES RETRAITES ET DE LA COOPÉRATION
AU MINISTÈRE DU COMMERCE ET DE L'INDUSTRIE
PROFESSEUR A L'ÉCOLE LIBRE DES SCIENCES POLITIQUES

REPRÉSENTANT

M. HENRY BOUCHER

DÉPUTÉ
MINISTRE DU COMMERCE ET DE L'INDUSTRIE
DES POSTES ET DES TÉLÉGRAPHES

Messieurs,

En voyant un fonctionnaire se lever et prendre la parole à l'ouverture de la cérémonie qui vous assemble, vous pourriez imaginer, — si nous étions encore en 1843, — que ce fonctionnaire a mission d'interdire votre manifestation et de proclamer, comme le préfet de police d'alors, « qu'il y a danger pour les classes ouvrières et abus d'autoriser les réunions des ouvriers du sieur Leclaire, entrepreneur de peinture, pour s'entendre sur le partage des bénéfices ».

Je doute qu'il soit aujourd'hui bien nécessaire de vous rassurer.

Une législation élargie couvre la liberté de votre réunion. La participation aux bénéfices a rompu depuis longtemps le cordon sanitaire dont on prétendait la circonvenir. L'image du « sieur Leclaire » se dresse debout, semblant appeler encore à lui les ouvriers qu'il voulait au profit comme au labeur. Et si maintenant M. le Ministre du Commerce, empêché de venir lui-même, me délègue auprès de vous, c'est pour qu'un écho de sa voix puisse associer le Gouvernement au souvenir reconnaissant dont vous saluez une grande mémoire. *(Vifs applaudissements.)*

En inaugurant le groupe qui vient de se dévoiler, vous ne rendez pas seulement un hommage familial à l'homme de cœur qui, l'aisance aussitôt conquise, voulut préparer à d'autres le chemin qu'il s'était lui-même frayé. Jean Leclaire n'appartient plus tout entier à la maison qui garde l'honneur de son nom. Ce nom a pris la force triomphante et débordante d'une idée : qu'il apparaisse au coin d'une rue parisienne voisine, au seuil d'un lointain village d'Amérique ou dans les livres des sociologues de tous les pays, partout il rappelle et personnifie la *Participation aux bénéfices*. *(Très bien! Applaudissements.)*

Dans le contrat de travail, qui ne règle pas, comme un contrat banal, le simple échange des produits et des choses, mais qui aliène les forces vives de l'homme et qui pourrait être essentiellement appelé le contrat humain, n'y a-t-il place, fatalement et toujours, que pour un paiement à forfait plus ou moins débattu ? Ou bien, au contraire, l'épargne amassée qui fournit l'outillage manufacturier et le travail actuel qui le met en œuvre peuvent-ils, dans certaines industries et dans certaines circonstances, liquider leurs mises par une sorte de métayage industriel, où l'union dans les efforts heureux aboutirait, sans libéralité capricieuse, à l'union dans le partage? Leclaire l'a pensé, dit et montré. *(Très bien! très bien!)* Et son initiative, victorieuse des objections de la théorie et des difficultés de la pratique, s'est imposée à l'imitation des deux mondes. *(Applaudissements.)*

Est-ce à dire, Messieurs, que la participation aux bénéfices puisse être représentée comme le type universel de la répartition des profits et menacer d'une invasion jalouse tous les ateliers de l'industrie? Nul, je crois, ne le soutient. Mais dût-elle, en dépit de ses extensions croissantes, rester une tentative relativement isolée, elle garderait sa valeur sociale d'exemple et d'espoir. Si le dicton veut que les exceptions confirment les règles, il est peut-être plus vrai de dire ici que les exceptions aux règles existantes suggèrent et façonnent insensiblement des règles nouvelles. *(Bravo! très bien!)* Entre le simple contrat de salaire, que domine seul l'égoïsme des intérêts, et la coopération productrice, où s'affirmerait la fraternité d'une action quotidienne, la participation aux bénéfices s'offre comme un champ d'expériences et une école préparatoire d'association. *(Applaudissements.)*

Elle ne peut, à tout prendre, inquiéter que les partisans de deux conceptions extrêmes: ceux qui dénient à toujours toute amélioration du contrat de travail, et se piquent de le figer dans une immobilité définitive, comme si lui-même n'était pas après tout la transformation présente d'autres modes de rémunération que les siècles antérieurs ont successivement connus et délaissés; puis ceux qui, dédaigneux des amendements partiels, défiants des solutions que la liberté prépare, rêvent inexorablement de quelque rénovation magique où le bonheur de tous se ferait de la servitude de chacun. *(Vive approbation.)*

Il est juste, il est bon que ces théories décevantes d'inaction systématique ou de brutal bouleversement reçoivent le démenti pratique des faits. C'est dans cette loyale et patiente recherche du mieux que doivent se rencontrer de plus en plus les hommes qui pensent et les hommes qui peinent. *(Applaudissements.)*

Il ne vous a pas suffi, Messieurs, de le croire et de le dire. Vous avez voulu fixer dans un geste qui demeure la parole qui s'évanouit.

Grâce à vous, tous ceux qui traverseront ce square pourront lever la tête et tendre l'oreille vers la leçon que vous avez faite durable et solennelle : ces enseignements de solidarité économique, de discipline volontaire, d'association pacificatrice, votre Jean Leclaire les leur donnera longtemps encore dans la muette éloquence du bronze. *(Longs applaudissements.)*

DISCOURS

DE

M. PAUL BROUSSE

VICE-PRÉSIDENT DU CONSEIL MUNICIPAL DE PARIS
DÉLÉGUÉ PAR LE BUREAU DU CONSEIL

Mesdames, Messieurs,

Je viens, au nom du Bureau du Conseil, apporter à la mémoire de Jean Leclaire l'hommage qui lui est dû. J'ai, en outre, cette bonne fortune de pouvoir parler ici à titre de conseiller municipal, au nom des divers comités locaux de ce quartier, de ces comités dont les efforts ont transformé des pavés en pelouses et en fleurs, fournissant ainsi un cadre digne d'elle à la statue que vous érigez.

La ville de Paris ne marchande jamais sa bienveillance aux hommes de cœur qui employèrent leur vie à l'amélioration du sort de ceux qui travaillent. *(Applaudissements.)* Elle rend hommage à chacun sans souci de la voie qu'il a choisie.

Jean Leclaire méritait cet hommage.

Un fait caractérise bien son œuvre : les obstacles qu'au début les lois lui opposèrent et la codification, la sanction que ces mêmes lois vont donner aujourd'hui au système même qu'il préconisait. En 1843, un commissaire de police, au nom de l'article 1780 du Code civil et de l'article 15 de la loi de germinal an XI, lui signifiait par un acte extrajudiciaire, la défense de faire participer ses ouvriers à ses bénéfices. Et, en ce moment, un projet de loi sollicite le vote des Chambres pour organiser cette même participation des ouvriers et des employés et pour régler le contrôle des livres et de la comptabilité.

Ce qui a fait le succès de l'œuvre de Jean Leclaire, c'est qu'il ne fut pas seulement un théoricien, un écrivain ou un orateur, mais un homme d'action, appliquant lui-même, chez lui-même, les réformes qu'il voyait dans son esprit.

Toutes les difficultés de l'application du système de la participation aux bénéfices, le contrôle du bilan, la part légitime des ouvriers dans la gérance, n'étaient pas pour l'arrêter. A tous ces problèmes, il a donné les solutions que vous connaissez, créant ainsi un atelier qui pour n'être pas, à mon sens, la forme sociale de l'avenir, est déjà une forme républicaine substituée à l'ancienne forme patronale et monarchique de l'entreprise.

Cette œuvre lui donne droit à l'hommage que nous lui rendons aujourd'hui. Son image sera d'ailleurs à cette place en bonne compagnie. Bientôt, en effet, s'élèvera ici le buste d'une femme de grand cœur, celui de Maria Deraisme, et, sur cette même pelouse, nous devons placer un groupe représentant un ouvrier de chemin de fer, Colette, donnant sa vie pleine de force pour sauver l'existence défaillante d'un vieillard hospitalisé à Brézin. Nos enfants, à la sortie de l'école prochaine, auront ainsi devant les yeux des exemples de dévouement, de grandes pensées, de travail et de bon courage. *(Vifs applaudissements.)*

DISCOURS

DE

M. REDOULY

PREMIER ASSOCIÉ-GÉRANT DE LA MAISON LECLAIRE

Messieurs,

La Maison Leclaire, c'est-à-dire cette entreprise industrielle étroitement unie à la Société de Prévoyance et de Secours mutuels, doit, elle aussi, apporter son hommage de reconnaissance et de fidélité à la mémoire vénérée de son fondateur.

Au nom des associés-gérants de cette Maison, je considère comme un devoir de rappeler ici les grands souvenirs qui la caractérisent.

L'établissement de la participation aux bénéfices, en 1842, qui marque d'une façon inoubliable dans l'histoire du travail, est certainement le plus éclatant et le premier des titres de Leclaire à la profonde et inaltérable reconnaissance non seulement des ouvriers de sa maison, non seulement des ouvriers de la profession, mais de tous les travailleurs en général.

Il faut aussi se souvenir que Leclaire a fait encore deux grandes choses, rappelées d'ailleurs sur le piédestal de ce monument.

Depuis longtemps, profondément affligé par les souffrances physiques de ses ouvriers, en 1844, il cherche, il étudie, il travaille à les soulager, et, par une admirable découverte qui se rattache à l'hygiène sociale, il a pu conserver la santé, sauver même la vie à des milliers d'ouvriers, en substituant, dans la peinture, le blanc de zinc inoffensif au funeste blanc de céruse.

En 1838, époque où la mutualité n'était pas répandue comme aujourd'hui, Leclaire, voulant établir l'union des cœurs et des intérêts par la solidarité morale et matérielle, fonde la Société de Prévoyance et de Secours mutuels qui lui élève aujourd'hui une statue.

Enfin, Leclaire a toujours été un administrateur de premier ordre; il ne se bornait pas à s'occuper des affaires de chaque jour, il pensait toujours à un avenir meilleur pour ses ouvriers, et aux destinées futures de sa maison.

Se préoccupant de ce qui pourrait arriver après sa mort, il cherchait et trouvait d'heureuses combinaisons pour assurer la continuation, sinon même la perpétuité de son œuvre.

Nous l'avons perdu au milieu de l'année 1872, et trois fois, en 1872, 1875 et 1891, les actes notariés qui régissent notre Société ont enregistré l'entrée dans la gérance de successeurs nouveaux, élus au scrutin par les ouvriers et employés du noyau réunis en Assemblée générale.

Ses vœux les plus chers ont été accomplis; sa maison lui a survécu en progressant, et ses idées sociales tiennent maintenant une grande place dans les préoccupations et les espérances du monde industriel.

Bien comprises, sagement et loyalement appliquées, elles représentent la justice et amènent la concorde dont ce monument est l'admirable symbole.

L'ancienne maison Leclaire, la maison Redouly et Cie,

se joint à la Société de Prévoyance et de Secours mutuels pour remercier vivement MM. les Ministres de l'Intérieur et du Commerce, M. le Préfet de la Seine, MM. les députés, MM. les conseillers généraux et municipaux, ainsi que tous ceux qui ont bien voulu répondre à notre appel, de la part qu'ils ont prise, et de la sympathie qu'ils ont montrée pour cette fête si franchement ouvrière.

Au nom de la Maison et de tous ses collaborateurs, nous voulons, nous devons aussi féliciter chaleureusement MM. Dalou et Formigé d'avoir su faire revivre avec tant de bonheur, tant de force et de vérité devant nous la personne et l'œuvre de notre bien-aimé fondateur. *(Applaudissements.)*

DISCOURS

DE

M. CIGOGNE

ANCIEN OUVRIER PEINTRE
CHEF DU MATÉRIEL DE LA MAISON LECLAIRE

Mesdames, Messieurs,

Mes collègues, ouvriers et employés de l'ancienne maison Leclaire, actuellement Redouly et Cie, m'ont fait l'honneur de me choisir pour prendre la parole aujourd'hui. Je viens donc au nom de tous rendre humblement hommage au souvenir de celui qui a tant fait pour le mériter; nous venons une fois de plus exprimer par notre présence toute notre reconnaissance, non seulement la nôtre, mais aussi celle de toutes nos familles, qui pour toujours sont à l'abri des peines et des découragements qui, le plus souvent, découlent de l'incertitude de l'existence lorsque nous devenons vieux.

Grâce à la participation aux bénéfices qui procure de si bons résultats aux travailleurs, l'avenir nous est assuré : de pénible que pouvait être notre vieillesse, nous l'envisageons au contraire avec tranquillité; loin d'être une charge pour les nôtres, j'oserai dire que nous pouvons être le contraire.

Permettez-moi, Messieurs, pour un instant, de me reporter

à un souvenir qui date d'une trentaine d'années. Dans un entretien que j'avais avec M. Leclaire au sujet des hommes que j'étais chargé d'embaucher tous les jours. « Eh bien, Cigogne, me disait-il à mon retour, comment les choses se passent-elles? Que dit-on de la Maison? Y vient-on avec empressement? » — Il faut bien vous dire, Messieurs, qu'à cette époque il y avait encore beaucoup d'ouvriers qui se refusaient à travailler pour la maison Leclaire, sous prétexte que l'on ne pouvait ni fumer ni chanter — erreur profonde, au moins pour cette dernière cause, car moi et bon nombre de mes amis, nous y avons toujours chanté, sans pour cela faire comme la cigale; il m'était donc difficile de trouver le personnel qui à ce moment nous aurait été nécessaire; enfin, je racontais à M. Leclaire toutes les objections qui m'étaient faites. Il en était toujours très affecté. « Les malheureux, me disait-il, ils ne veulent ou ne peuvent pas me comprendre, et pourtant s'ils savaient ce que je veux faire pour eux! Mais n'importe, continuait-il, ils verront et alors ils apprécieront; quant à nous, nous devons continuer, rien ne saurait nous arrêter. Vous tous qui êtes avec moi, aidez-moi de toutes vos forces, les résultats seront pour vous, ne cessez de le penser, et que ce soit pour vous tous un encouragement de tous les jours, dites-le bien à tous, ne vous lassez jamais de le répéter. »

Aujourd'hui, Messieurs, bon nombre de mes amis entrés à la maison à cette époque jouissent maintenant d'une pension annuelle de 1.500 francs de rente; ils sont certainement au milieu de nous. Que de fois m'ont-ils dit : « Tu as bien fait de m'engager à travailler pour la maison; je t'en remercie encore, je suis bien heureux et tranquille pour toujours. » *(Applaudissements.)*

A nous tous qui sommes en activité et qui tous les jours sommes à même d'admirer ces résultats acquis, et leur conséquence heureuse, il appartient non seulement de continuer son œuvre sans aucune défaillance, mais encore d'en assurer la prospérité par notre travail d'abord et aussi par un concours complet donné à nos chefs élus, aux successeurs de M. Leclaire ; c'est notre avenir, l'avenir de la maison que nous leur avons confié, à ceux qui remplacent aujourd'hui notre vénéré fondateur qui nous a dit :

« Si vous voulez que je parte de ce monde le cœur content, il faut que vous ayez réalisé le rêve de toute ma vie, il faut qu'après une conduite régulière et un travail assidu, un ouvrier et sa femme puissent dans leur vieillesse avoir de quoi vivre tranquilles sans être à charge à personne. » *(Applaudissements.)*

J'ai la conviction sincère, Messieurs, que c'est le bon moyen de prouver toute notre reconnaissance à celui qui a tant fait pour nous. Je ne crois devoir mieux terminer qu'en rappelant ces bonnes paroles qu'il était si heureux de nous répéter :

« Courage, patience et persévérance, aimons-nous, aidons-nous. » *(Vifs applaudissements.)*

APRÈS LES DISCOURS

Les discours terminés, l'assistance s'est répandue dans le square et autour des buffets. La brume d'un jour d'automne n'avait pu exercer aucune influence sur la vivacité joyeuse des conversations amicales, sur l'échange des idées, sur l'intensité et la chaleur des cordiales effusions. Plusieurs, près du groupe symbolique, avaient l'illusion d'être au pied d'un de ces phares qui envoient bien loin dans l'espace la flèche étincelante de leurs rayons lumineux. Les étrangers délégués au Congrès international qui avaient prolongé leur séjour à Paris pour assister à cette fête se montraient les plus enthousiastes. L'un d'eux, professeur très distingué de l'Université de Cambridge, promoteur zélé de la participation en Angleterre et en Amérique, M. Sedley Taylor, s'élançant tout à coup sur un banc du square, adresse à la foule une véhémente et éloquente allocution où éclate à chaque phrase la passion sincère de l'orateur pour le bien et le progrès. Des salves d'acclamations répondirent à ce discours enflammé.

Les personnes présentes à cette solennité en ont emporté un souvenir inoubliable. A beaucoup d'assistants, aux étrangers surtout, a été offert sur place, par la *Société de prévoyance et de secours mutuels des ouvriers et employés de la maison Leclaire*, un souvenir de cette belle journée. C'est, avec le nom du visiteur gravé sur le métal, le grand médaillon de bronze à l'effigie de Leclaire que reçoivent les ouvriers, lorsque, leur carrière terminée, ils quittent le travail pour devenir pensionnaires et jouir ainsi paisiblement, jusqu'à la fin de leur existence, des résultats de leur participation statutaire dans les bénéfices de la maison.

TÉLÉGRAMME

DE SON EXCELLENCE

M. LUIGI LUZZATTI

MINISTRE DU TRÉSOR DU ROYAUME D'ITALIE
PRÉSIDENT DE L'ASSOCIATION DES BANQUES POPULAIRES

Répondant à l'envoi du grand médaillon de bronze à l'effigie de Leclaire offert, à titre de respectueux hommage, au plus illustre des coopérateurs d'Italie, Son Excellence le Commandeur Luzzatti, ministre du Trésor, a adressé à l'ancienne maison Leclaire le télégramme suivant :

« *Redouly et Compagnie, ancienne maison Leclaire, Paris.*

» Rome, 17 novembre.

» Dès ma première jeunesse j'ai appris à honorer Leclaire et son œuvre glorieuse de la bouche de Michel Chevalier, qui l'avait connu et qui en avait illustré l'idée généreuse, grande fécondatrice de la paix sociale. Je ne sais pas si la participation des ouvriers aux profits de l'entreprise sera le dernier résultat de notre civilisation économique, mais il est sûr qu'elle représente aujourd'hui la plus haute idée sociale. C'est pour cela que je garderai comme un précieux dépôt la grande médaille que vous m'avez envoyée et sur laquelle se détache le lumineux portrait de Leclaire. Amitié, solidarité parmi nous, qui travaillons au bien-être solide et réel des ouvriers (1).

« Luigi Luzzatti. »

---

(1) Extrait de la brochure intitulée :

Une semaine coopérative, 25 octobre-1er novembre 1896. — I. Neuvième Congrès coopératif national, tenu dans le hall du Musée social, 5, rue Las-Cases. — II. Diner, concert et réception, dans l'hôtel de Bourbon-Condé, rue Monsieur. — III. Deuxième Congrès coopératif international, tenu dans le hall du Musée social, 5, rue Las-Cases. — IV. Inauguration du groupe Leclaire dans le square des Épinettes, près la rue Jean-Leclaire (XVIIe arrondissement). — Paris, Calmann-Lévy, éditeur, 1896.

L'ORGANISATION

DE LA

MAISON LECLAIRE

APPRÉCIÉE PAR UN ARCHITECTE DE PARIS (1)

Le 1er novembre passé, avait lieu l'inauguration du monument élevé en l'honneur de Jean Leclaire, au square des Épinettes (XVIIe arrondissement).

J'ai connu M. Leclaire dans ma jeunesse; il avait bien voulu m'assister, en qualité d'expert, dans une contestation avec un entrepreneur de peinture, au sujet de la qualité de certains travaux. Leclaire avait déjà écrit quelques brochures sur les fraudes en matière de peinture de bâtiment; son honnêteté, sa conscience et son savoir d'entrepreneur étaient très appréciés; la manière trouvée par lui d'utiliser le blanc de zinc à la place du blanc de céruse lui avait valu d'être décoré, en 1849. Quand je le vis pour la première fois, en 1857, son entreprise était déjà organisée avec la participation des ouvriers aux bénéfices.

La physionomie que lui a donnée le statuaire, M. Dalou, dans le groupe ici représenté, me semble tout à fait res-

(1) Extrait du journal *l'Architecture*, organe de la Société centrale des Architectes français. Paris, n° 48, 28 novembre 1896. Ch. Delarue, éditeur.

semblante. Le groupe est, comme on dit, parlant; on en saisit facilement la signification. Il est aussi très artistique. Le sculpteur, d'ailleurs partisan dans certains cas de l'allégorie genre Louis XIV, qui se prête si bien aux grands effets décoratifs, a montré qu'il savait aussi tirer parti de moyens modernes plus réalistes.

Leclaire lui-même et un ouvrier peintre, avec leurs costumes de notre époque, le patron en redingote, l'ouvrier avec sa grande blouse de travail, feraient peut-être, pris isolément, assez piètre figure; — nombre de statues modernes ainsi traitées ont des allures peu agréables; — en groupe, avec des mouvements différents, motivés par ce qu'ils ont à se dire pour expliquer, l'un son dévouement, l'autre sa gratitude, ils réussissent, comme je viens de le dire, à se bien faire comprendre, tout en donnant des silhouettes heureuses. Les attributs de métier s'arrangent bien dans la composition; les vêtements, modelés avec grand soin, deviennent décoratifs. C'est là, en somme, une œuvre d'art remarquable.

Le piédestal, de notre confrère M. Formigé, bien profilé et bien proportionné, concourt, comme il convient, à la réussite complète du monument.

Permettez-moi maintenant quelques mots touchant l'œuvre de Leclaire, cette participation des ouvriers aux bénéfices de l'entreprise, qui est restée, à mon avis, une des solutions les plus parfaites, au point de vue social.

Ce n'est pas que j'aie de grandes lumières sur les controverses des différentes écoles socialistes, ni que je me pique de découvrir le bonheur universel; mais j'ai déjà vu fonctionner assez d'associations de travailleurs du bâtiment pour m'être fait une idée des bonnes règles applicables à ce genre d'associations.

Deux points surtout m'ont toujours frappé, deux difficultés inhérentes à cette manière d'être de l'entreprise. En premier lieu, la difficulté d'amasser un capital qui permette d'offrir aux architectes et à leurs clients des garanties sérieuses, et qui donne du même coup aux travailleurs associés les moyens d'entrer en concurrence avec le patronat individuel des entrepreneurs les plus sérieux.

Les associés étaient portés — c'est bien humain — à vouloir immédiatement des améliorations de salaire. Les bénéfices de l'année, divisés en autant de parts que d'ouvriers, ne produisaient pas pour chacun d'eux un gros chiffre; ils désiraient toucher presque intégralement ce faible boni. Le fonds de roulement ne s'accroissant plus, comme lorsque les bénéfices vont dans une seule main. ou s'accroissant très lentement, d'une quantité insignifiante, ne procurait aux associés aucun crédit.

La deuxième difficulté, c'était d'obtenir une discipline sérieuse de tous les adhérents au travail commun. On dit bien que l'ouvrier, sûr de toucher tous les fruits de son labeur, travaille avec infiniment plus de courage : cela est assurément vrai, mais surtout en théorie; il n'en va pas toujours ainsi dans la pratique.

Les ouvriers très travailleurs et très habiles sont nécessairement une minorité, imposante si vous voulez, mais enfin une minorité. Les autres donneront bien un coup de collier... en commençant ; mais le partage des bénéfices n'est pas immédiat, le bout de l'année est loin ; peu à peu ils s'habitueront à croire que le principe du travail donnant tous ses fruits au travailleur agit par sa vertu propre et infailliblement... sur les camarades.

Supposez maintenant que le chef de l'association soit soumis à des réélections plus ou moins fréquentes, parce c'est plus démocratique : ceux des associés qui sont plus habiles politiques que praticiens — il y en a toujours quelques-uns — ne manqueront pas d'exploiter un brin le sentiment de conservation, bien humain aussi, qui porte le chef à ménager un électeur influent. La discipline accusera des défaillances, et il ne faudrait pas longtemps d'un pareil régime pour mettre en mauvaise situation la meilleure des entreprises.

La maison de peinture en bâtiment qui fonctionne aujourd'hui d'après les règles établies par Leclaire échappe aux critiques que je viens de formuler.

Les trois gérants associés en nom collectif, dont le plus ancien donne son nom à la maison, sont nommés à vie. Ils sont tenus chacun à un apport social. Une fois élus, ils ont les pouvoirs d'un patron, sauf que, s'il s'agit du renvoi d'un associé, ils doivent prendre l'avis d'un comité dit *de conciliation*, composé d'ouvriers et d'employés. Or, — c'est un fait connu — ces sortes de comités sont ordinairement sévères.

Les résultats de l'organisation créée par Leclaire sont assez éloquents pour qu'il soit inutile d'en discuter longuement l'excellence. Les ouvriers qui forment le *noyau* des travailleurs, les associés anciens aujourd'hui pensionnaires, les auxiliaires retraités et les veuves d'ouvriers qui touchent une pension possèdent un capital de près de trois millions qui résulte d'une partie des bénéfices attribuée chaque année à la *Société de prévoyance et de secours mutuels de la maison J. Leclaire.*

C'est cette Société, propriétaire des bénéfices, qui assure en fait le fonctionnement de l'entreprise. Elle est commanditaire de la maison de travail pour 25 0/0 chaque année, d'où il suit qu'à ce point de vue les ouvriers sont intéressés dans les pertes comme dans les bénéfices. Les trois quarts des bénéfices nets provenant du travail en commun sont attribués, pour 50 0/0, à chacun des ouvriers, *sociétaires du noyau ou non*, au prorata de leur travail dans l'année; les derniers 25 0/0 restent à la Société de prévoyance, pour les pensions de retraite.

J'ai souligné les mots *sociétaires du noyau ou non* pour bien montrer qu'il ne s'agit pas ici d'une sorte d'aristocratie ouvrière exploitant des parias. Tous les travailleurs sans exception (en 1892, il y a eu 936 participants), qui ont été occupés par la maison, ne fût-ce qu'une journée, ont droit à une part des bénéfices.

Le maître ouvrier qui a organisé cette association et donné l'exemple du dévouement en abandonnant à ceux qu'il dirigeait une très large part de ses bénéfices, l'homme de bien, le bon citoyen qui a su créer cette œuvre, modèle d'intelligence, de saine bonté, de parfaite justice, a bien mérité le monument élevé à sa mémoire. Tous les architectes s'associeront, j'en suis certain, à cet hommage rendu au plus noble de leurs collaborateurs.

L.-C. Boileau.

Imprimerie Chaix, rue Bergère 20, Paris. — 24416-12-96. — (Encre Lorilleux).

www.ingramcontent.com/pod-product-compliance
Ingram Content Group UK Ltd.
Pitfield, Milton Keynes, MK11 3LW, UK
UKHW020408220726
13923UKWH00004B/1815

9 782019 625931